望 紗窗

秋秋——著

森青文化

微風往事
照亮白蚊帳裡外
土樓上方的月色
那天
一節段子
哼唱
小山羊脖上銀鈴
在邊城外的後山
那天
別了臉
不忍看樹的枯老
風

創作背景

如果文學是你心中的那座森林，詩歌也許是森林裡那片青草地。在這片小田裡，秋秋只是偶爾澆水、灌溉，期盼能收割一些夢幻的果實。

也許，總有一個陪伴自己到老的夢想，依然未靠近那夢的彼岸，才可以天天想它一遍，猶如到站了卻不想下車，存留一份牽絆。

曾經我已漸漸失去用雙手觸及、用眼睛細看、用心去回憶事物的生活習慣。音樂、書畫是美與思想生成的藝術，是人類歷史文化的載體，絕對也不應該被遺忘的。有時候我會莫名的感到無奈，當自己許久沒寫作、沒閱讀的

時候。然而，當再觸碰这些事物身上一切無聲的語言時，那思想漫游的自由卻依然存在，如果没有這孤獨中的快樂，人生又是多麼的失色啊！

《望紗窗》是詩、隨筆、散文結集，寫生活的抒懷與感悟已矣。這些作品是我這個平凡人對生活的回味與期盼。

謹以此詩歌散文集致遠方的、近在的彼此，但願彼此相聚時享受當下，作別時牽念背影，然後，走在陽光裡，感受陽光下多了一克拉的鑽石，如此美好。

目錄

一、窗外篇 藍鳶尾

二、窗前篇 薰衣草

三、後窗篇 雪絨花

四、散文篇 春天所在地

一

窗外篇

藍鳶尾

等待

我在
轉角冰室等你
你扭轉
月亮的方向

末班車上
零落的睡顏
守望著
淪落人的背包

我在
轉角冰室等你
沒有指針地等待

月落天涯
只剩
易拉罐拉扯下的時光

綠紗窗

月光滾滾
無問星塵

一扇綠紗窗
勾結著
月牙半落的樹影

月光滾滾
借問煙塵

那扇綠紗窗
留住了
窗裡窗外
留不住的風景

陪伴

如果
你是華麗的衣裳
我願
是你配襯的胸針

如果
你是一縷縷茶香
我願
是守候你的碳火

當生活
摻和芥末般漿糊
我依舊如清水般
掂量著
稀釋一路風塵

河川山溝裡流淌下的時光
便是兩山對望最美的陪伴

情事

春天
為你鍾情
春雨
捲走落霞
追尋
喬木相依的傳說

晚風
森林裡凝聚
情事
躲在後窗獨唱

森林
築起大象的城堡

城牆外
驕陽下
再輕狂
舞動著
大象足印下的愛情

無聲雨

有一種狠心
是不經意的
像雨過天晴
被遺忘在車站上的傘

有一些傷痕
已成你生命中的雨季

別

今夜
失去月光
你卻滿臉飛霜

醉倒
寡情雨下
靜候曇花芳踪

只見
無名樹下
一朵淚花
如深山溝火
燃起迷途的火燄

創口貼

無聲之聲
蛻變
未眠之眠

若失若尋
解結
執手溫存

勿喜
許是貪歡之執迷
勿悲
許是自憐之執我

若淡忘
半生共度這江湖
便捨棄
沿途每片創口貼

舊物

別了你
便開始想你
放下你
輕揚手上灰

扔掉你
才真正擁有
擁有被你佔有的曾經
擁有彼此冷落的無悔

門關上
窗打開
月光溜進記憶的樹洞

你借去
我轉身的背影
我歸還
你目送的回眸

依偎

你的歲末
我的年初
依偎著

歸途上你
遠行中我
依偎著

你的回望
我的目送
依偎著

陪伴
成了緬懷的圍脖
圍繞
彼此相安的距離

再生花

今生
願化成一朵花托
躲在花之艷紅下

來生
願化作人生邊上
一度花開如意的風景

月亮的情書

花生殼上
剝落的時光
圈養著
茶壺蓋下
安睡的月亮

遠去的
也許再返
近在的
也許作別

苦尋不著
只因曾經擁有
不期而遇
只是依然故在

年華遇見髮梢
月照在心田

我便不想月亮
只賞月

但願人長久

目送一場雨
我躲在雨裡
你雨外送傘
雨總會停
不相遇的
雨裡雨外
了無痕跡

月圓月缺
是夢中月亮河的玫瑰花香
是玫瑰花裡躲起來的月亮

細水不忍落葉止息
此際天涯默默長流
相約寄生於滄茫
回眸來生之未了

灑鹽

有一種諾言
是首獨奏的舞曲
像灑了鹽的蜜糖
永遠沾不上
心靈的味蕾

有一種謊言
像把無骨的雨傘
永遠撐不開
被遺棄在角落裡

偶而
閉上耳朵的眼睛
醉倒
謊言背後的諾言

你若甘心
便是真心
愈是灑鹽
愈在思甜

愛是彌漫的煙火

你存在著
你消失著
從方向中閃躲
從定位中升降

此刻是方
彼時是圓
起始是終結的軸心
滾軸是過程的參數

太陽的眼睛
沉積了光年
你我被注目
成了星塵下
兩顆彌漫時空裡
曾經閃爍的旦夕

落葉無聲如月照心田

你說話如歌之快版
吐出如象牙的彈珠
飛濺在時光的彼岸

漫長的剎那
迴盪
逃離之目光

心在妄動
念在咫尺
如落葉無聲
如月照心田

有一種念如夢般柔軟

昨夜
風沉沉的墜落
又再吹起
思念

有了你
我的生命
有了第五季節
沒有風雨
只有陽光

獨白

我是
深黑色的備長炭
燃亮
你那雙眉深歡顏

許你
一千度火焰的陪伴
回眸
如若初見那道彩虹
飛雪
冷凍熾熱的炭火

夢見
那深黑色的身軀
快樂地
穿上歲月的蒼白
沉醉

刻印了的曾經

登機證上
留下
一個春天

別了誰
誰就在夢的鎖匙孔裡

悄悄的
在門外
像盛夏熾熱陽光下
無法摘下的墨鏡

別了我
成了你的春天
記在登記證上
刻印了的曾經

回眸

當雲朵抹在藍天臉上
悄悄成了飄浮的酒渦
那一抹窗外陽光
便選上
這回眸淺笑

一夜
門窗上水簾子
掀開了

悄然
你也淺笑
回眸
枕邊

約

昨夜那綿綿細雨
把傘 借來
弄堂裡那只貓咪
睜著依依的眼睛

把傘 撐開
接著每顆小雨點
接著貓咪的呢喃
抖一抖身影
揮一揮雨花

後會總有期
待雨雪飄落
待蒼老不老
牽心不再牽

放下歲月的碎片
還生命一場靜美

遠山

當落霞送別
山裡每棵樹
我
走失了你

你是心中
那座　遠山
那裡有滿天的果實
大地是夢想的見證

在我陽光的年華
遇見的每一棵樹
從沒離開這座山

山在
人在
當夢想找回了心
我定在遠山等你

放下你

愛上
這破曉時分
霎時
碰撞了光陰

陽光的鮮甜
灌滿了
這咖啡

念念
天各一方
破曉陽光
鮮甜咖啡
念念

影子

影子
你好嗎
月兒
還在嗎

雪夜裡
濕與冷
只有你獨享
摘下
那羊毛帽子
撫慰在懷裡

月兒
還在嗎
沒有足音的影子
你的冷暖如此輕

此時・彼刻

故夢

重燃

往事如煙花

閃爍墜落

維多利亞港

擁抱著

此時

彼刻

你我的華麗的夢想

別問我是誰

故夢

已然

星願

你在尋
艷陽下楊柳樹下
那陣清風
我在等
雪夜裡
雲中 月下
那片落花

當尋覓
沒遇上等待
咫尺
奔向天涯
你是否依然在尋
那永遠等待的我

美好時光

我是杯子
走進未知的路途
安然渡過了跋涉
來到繁華的時空
伴隨
你我浮生

你是壺子
懷著一顆慈悲心
給水和茶葉安家
潤物細無聲
悄然沉澱了茶香

是誰
把我安放在這
讓我
幸福等待相遇
也許
是壺蓋上茶香
成就
這美好的時光

夢醒時分

我想
奏一首夢曲
借你的舞步
跳進月明星稀的心田

我想
守一回日落
借你的翅膀
飛越無法重遇的夢橋

愛在心口
夢難醒

如夢初醒

今夜
和你一起
走過一萬步
尋回
沉睡的風

足音
伴隨星夜的探戈
往事歲月如月色
等待
如夢初醒
剎那
依稀

愁
緒

窗外
雨在伴奏
任性如雨

你點的是煙
不是歌
她依舊
不請自來

漸漸
煙霧帶走雨聲
從你枕邊
消失

蝴蝶與蜻蜓

蝴蝶與前生
繁花相沫
換來今生之蜻蜓相遇
蝴蝶不羈的翅膀
飛進蜻蜓的心網
相約一輪明月
似遠非遠
相遇在
生命中最近的距離

蝴蝶等待花開
是剎那的歡心迷醉
蜻蜓默然 點水
是相守的孕育初生

錯過

夢在左岸
沒有遠近
只有深淺

安然如故
是岸邊遲暮的落花
彼此相安

所有的錯過
如一口香濃的奶酪
輕吻舌尖上的味蕾

夢在右岸
沒有輕重
只有濃淡

安然如故
是歲月丈量的心尺
彼此相宜

——致情人節那曾錯過的玫瑰

夢岸

坐上歲月回程的晚車
冷色的往事
隨著車輪輾過的夜雨
擱淺在夢岸

消失了
一片星空
因為
不再想你

天亮了
漫天朝陽
只因
你不再想我

傳奇

蝶 戀 花
是追尋
花 戀 蝶
是等待
可否忘憂地
再坐一會
像葉子等待清風相伴

花開的清晨
受傷的小鳥
棲息在窗前

綿綿 夢中
有些心語
只許
風和雨傾聽
有些想望
只留給
夏末和深秋

見證

如果
風有影子

如果
雨有足印

星星的閃亮便是見證

皺紋

原來
有一個紀念日
收藏你我的借條
你不問自取
我雙倍奉還

是你臉上
是我嘴裡
半輩子
談情說愛
一輩子
口是心非

原來
有一份紀念品
年年月月的拼圖
你掉三落四
我七上八落

夢想中
神奇與幻化
成了你我臉上
那烙餅般皺紋

那寫著你名字的雨

月亮
是一把黃梳子
星夜
是深藍的披髮

那 寫著
你名字的雨
在月下星辰
輕輕梳我髮

回眸一笑
但願
在銀河星際
相遇
化作絲絲雨
淋漓
兩扇心窗

寒夜

夢 若絲綢
枕 若頑石

長明燈下
螞蟻
圍爐團圓

月 寒夜
如針刺 枕邊
背對無眠

夜 寒月
如夢之鴿飛
安睡歡歌

著色

那一抹日落餘暉
像你送上那一杯
靜靜再溫熱的茶
在陽台欄杆邊上
成了歲月的背影

二

窗前篇

薰衣草

清新

那年
微風眷戀著
自行車上飄飄的裙擺
那月
記事簿上
花花的貼紙
暗藏早起鳥兒的初吻

那年月下
紅了臉的星空
一筐筐風信子
石匠心中花語
吹拂著
枕邊安睡的小妖

雨花石

鮮花禮贊
春寒深處
傷痕之河
沉沉積積
落荒而逃

逃
這悲傷的囚牢
奔
那喜樂的弦樂

命途不待見的
每一個缺口
願握著你手
滿臉的春顏如笑
我們生命中的雨花石

——致原生家庭迷宮裡出走的渴望

渣

渣渣的渣
滴滴答答

滴淌在
玫瑰借去的春天
別過了
時光派對裡流浪的長風

渣渣的渣
滴滴答答

別過
星月
縷縷如意結
流轉在記憶之伏流
暗湧連連

渣渣的渣
滴滴答答

相約半生
長夜邊上
歲月之渣流深處

寫給月亮

秋
是月亮的百家布
綿綿延延
秋風
細軟無痕
安然縫合了聚散

當月亮掛在中秋之星空上
你我便穿上歲月的舊衣裳
盼一刻月滿
迎片刻團圓

我信天是恆久的藍

夕陽下
古玩店旋轉樓梯
暗藏著
時光機上休止符

生活還原慢調子
串流不息老照片
堆放著異鄉的故事
舊物如新只因思念
猶如生命在別處流轉不休的芳華

小巷深處守望迴響
我信
天是恆久的藍

——寫於英國巴斯

致初雪

一樹一年
一方一土

你帶著
夢的白花
飄浮不定

寧靜晚空
多少無期之約
無言守望
那雙賞雪目光

似遠
非遠
已然始終

——寫於 2018 年除夕

半句詩

當你讀我
我已不在
你學會尋
我會再來

總有一天
你能破解

大象遠走高飛之後
所有未寫完的句子
丟掉了
不經意
卻在乎

是
夜鶯懷裡淌血的玫瑰
梵谷仰望永恆的星夜

是
不在挪威的挪威森林
麥田捕手膜拜的天職
是
天空上沒痕跡的飛鳥
左岸咖啡館裡的青春

你若尋
我便在

扉頁

請容我
把早起鳥兒的早安
乘風破浪去你枕邊

請容我
把昨夜夏蟲的晚安
留在夢中化作浮光

風
吹拂著天涯
雨
淋漓了江湖
誰曾
如履薄冰
誰曾
舉重若輕

南半球的冬至

是你
把路人濕冷的圍脖
吹送無色無味的暖

是你
把樹上最後一片葉
給春天發出了暗號

所有路過的生活
所有聚散的塵土
所有凹凸的磨合
一場情投意合裡

是你
在時光中
繁花相送

披上面紗承受無重之輕

後窗
沿著遠方的邊緣
披上面紗
蕩漾在
時空的無人地帶

遠方
滋生著幻滅與逃離

記憶
塗抹著謊言的果醬

披上面紗
吞下
陽光在別處的香甜

三月天

三月
搖滾
迷人的浪花
唱和
春天裡的青春

那一天到來
遍地無名花開
吹奏起
月亮的號角

和風

那年夏天
去了西貢
我的天空
我的暑假
在花攤子上說英語
花的名字花花往事

那年夏天
去了坑口
那輛停在路邊跑車
一首英國紳士插曲
暗藏起記憶的花香

那年夏天
那年往事
如和風
吹拂著
那比天空還遠的跑車

早春

黑夜
在陰溝裡
抓狂
揀選了
仰望星空的眼睛

寒冬
完熟了
剝落著
再生春天的結膜

晴天
開一扇窗
近看風景

雨天
開兩扇窗
靜聽足音中風景

風

你把天地的面紗
搖曳起來
吹拂著
無痕的世紀

尋常的
變幻的
與生俱來的悲歡
輪迴著
無痕的臉容

那窗外漫遊的金子

我不曾結上辮子
追隨著你的左右
告訴你汽水蓋下
滿載瓶子裡的風

我不曾穿紅裙子
尋覓鏡中的歡顏
只想在月亮跟前
留下自己的影子

數著
一刻一刻
隨著
一季一季

漫遊
無聲的遠空
走過
時光的平原

無題詩

你可是
人海裡時光足印

答應風
去採摘

花兒失落的記憶

你可是
一朵朦朧的雪花

化了心
在未知的殊途上
尋回失蹤的候鳥

華爾滋的晚安

晚安

靜夜的秒針
如時光螞蟻
起舞華爾滋

你不由自主
又陷入
我心甘情願
寫著的字句

晚安

謝謝彼此
觸不及的距離

渴望

月色
如飛雁啄磨了
今個夏末初秋

沫然
你已站在雨下
尋覓半個太陽

誰當月亮
誰當太陽
似是事先張揚
卻又深埋渴望

海浪

初秋如畫
涼拌了
一句詩

年月
如棉花碎
相約
莫奈畫下

尋覓
陽光抖落在
藍色原野上
碎碎白白的羽毛

寫給秋

別帶走
山澗流連的風印
別剪斷
風車守護的夕陽

春把笑顏留給夏花
你給花海打開了窗

悄悄然
窗外窗內
花衣已披上秋紗

八月

樹影裡
仰望樹空
鳥兒吐著火
飛過七月天

岸上
木欄柵拐了彎
自行車架上
彈唱八月花曲

給城市
一頁飛信
相約
蝴蝶與花海

午後日式咖啡店之隨筆

旋轉木樓梯
雕刻著
綠茶蛋糕藏著之甜

回憶
赤了足
踏著風
偏離心情去了遠方

依舊
店主暖著
咖啡杯內外
目光遇見的浮生

半熟已然
午後時光
悄然飄落
只剩
半首未完的曲子

再記起

晨光
倚著窗前
花香
已然甦醒

再記起
樹木肩背上陽光
再記起
沿途每一個月滿

那夏天
一起洗刷著花瓶
再記起
那是賞花的歲月

留言

說在
不在
門外站著的寂寞
落下一場煙末小雨

口是
心非
不期而遇的盼望
玩味欲言又止把戲

十年以後
那些刪除的留言
偷走了平淡
卻留下一片花海

生活本該如此

你是
每天都在的陽光
我是
偶然路過的身影

是你
在我生活的補釘上
漸漸縫起一針一線

是我
帶走飄流瓶句子
漸漸
生活本該如此

有遠去的身影
便有
近在的陽光

隨想

寫詩
再寫詩
不再 不再
在撕碎思緒中捨詩而去

讀你
再讀你
含笑 回眸
在喧鬧的圓舞曲中獨舞

留住
片刻的刻度
靜靜攪拌了生活的別處
安放在黑色的咖啡杯裡

遇見
你我
在夢的棧道上
那梧桐樹下納涼的影子

別說我是誰

別說我是誰
我是我
純粹的
可塑的
一個未定義的可能

別說我是誰
我不是你們的未來
我不是你們的理想
我不是你們的榮耀

我是我
一片陽光下偶然失色的葉子
一顆籃球場上沸騰中的汗珠

我是我
是在雨後一定存在著的彩虹
是在風雨中尋覓自由的翅膀

在我成為我之前
別說我是誰

——致清晨五點籃球架下獨自投籃的少年

早安

早安
失眠的眼睛
長眠的靈魂

五月
也許有最美的風景
袒露著孤獨的青春

早安
這座城市飄著花蕾芳香

早安
廣場上最美的畢業典禮

麥田上的天空

不知倦的飛鳥
聆聽
麥田和風兒的舞曲

陽光
是仰望天空的祈禱
田野
讓花海在季節裡
呆著 呆著

眼睛抖動翅膀
創造
生命中的歲月衣裳

你是
麥田上的天空下
斑爛的星夜

似是故人來

樹影尋風
風不在
星空盼月
月不來

誰是誰
便是誰

一念城池
萬念征途
樹木盤根如心海
踏雪尋梅路漫漫

春風已成炊煙雪
一壺茶色染晚秋

歸途如鏡月
風是風
雨是雨

只見雲中月
似是故人來

五月

聽不見
季節足音的玄機
看不到
巷子深處的背影

這個五月
遇見冬天

眉末
淺笑嫣然
在這
梧桐葉落之城

柔軟

斜陽落下妝容
披上餘暉的面紗
倚在西窗簾外

默然不語

榕樹下
高踭鞋飄著泥濘
見證往事中故事

窗臺上
傳來捲衣袖的聲音

來不及回望
你已彎著腰背
洗刷一天的光陰

默然不語
是你留給我
一首柔軟的詩

——致母親

窗外

微風吹散
你的夜
鳥兒目送
你的夢

春天在窗外徘徊

昏睡的咖啡
醒了
破曉沸騰的一刻

窗外
牽扯著你的仰望
遇見
一個春天的宇宙

四月戀曲

送你一片雲
和淡藍的軟雪花

時光
化成冰雕
擁抱
每刻短暫的快樂

蝴蝶不再飛
年月已是無效期

油紙傘般的情話
化作
一縷縷沉香回音
成了
你的滄海我的花田

春暖

暖是
伸展慵懶四肢
輕吻蠟梅花香

容顏
定格了歲月
溫熱了二三事

往事
握著緣的把手
和月老合謀未了的花期

不等號

你把記憶的蛋糕
切成冷凍的日子
分給我
從不事先張揚
從不下回分解

誰在許願樹下
溫暖一場冷雨
告訴我
月亮喜歡藍色的天空

如果
夜是光的指環
請戴上遊走的心眼

也許
天空的藍如此濃
是給第二個月亮
一個愛情不等號

從不事先張揚
從不下回分解

1992

那年
生活如歌

窗外
鳥叫蟲鳴
兩只饅頭早點
溢滿朝陽下花香

那年
淮海路飄落梧桐葉
點綴
公交乘客下車背影

那年
不曾回憶往事
往事
卻在記憶深處

致永遠的情人

今天
為你寫首詩

你我
相約半世紀
冰封雪 飄起

二月春冷的北方
雲海抖落的氣流
無聲的世界裡
留下紙上筆跡
點燃文字的魔法
帶我逃離
生命中一切牽扯

今天
為你寫詩

我永遠的情人
……
紙書

——書於 HX249 航班上

致綠茶

摔一把
淺淺的微笑
風輕吹
綠茶粉末飄落的髮絲
淺淺的眉目
撕下預言成真的票根
只剩走出迷宮後的回望

天涯不在
知音在
迴盪千回
尋一回

一朵玫瑰
淺淺笑
一把深雪
白濃濃

又一天

晨光
如畫外一根音弦
串流晝夜的對望

又一天

思念
流著金子
在隨風撥浪之間

尋回
又一天

屋頂上的足印

生活
依然遇上貓

復刻
貓咪的足印
蜷伏
在木屋頂上

俯視
閃亮的樹頂
傾吐
雪白的春天

一個人的星空

夜空的厚度
千言萬語的月光
滴落在臉上

溫熱的眼絲
胭脂抹在呼吸中
留下一顆顆硃砂痣

一個人的星空
遇見
星空另一個人

圓滿
那凹凸的奇蹟

情書

筆尖
不再移動
紙墨
失去味道

面頰
不再泛紅

你我
兩點一線
近在咫尺
迷失了感官

近岸低飛

尋尋覓覓
天外那遠去的高
地上那飄渺的輕

那方淨土
是
大海沉睡的水滴
是
大地生長的泥土

不止不行
閉目塞聽
得著
心中心

沂岸
低飛
便是始終

風景

天空裡
一隻風箏
在等待
風的再來

許多不再
依然存在

高飛的鳥
爬行的蟲
已成風景

甜蜜蜜

拾起
一片葉子
消耗
一次思念

故事外劇情
那首曲子
穿牆而來
夜深了
甜蜜蜜

故鄉的梧桐樹
異鄉的飄零葉
天涯
不相尋
咫尺
不守候

夜深了
甜蜜蜜
放下
緣起
隨背影相遇
來生一擦肩

除妳以外

從今以後
除你以外
每次等待都有時限

除妳以外
從今以後
誰也喚不醒花仙子

不是愛情
不是詩
似是文學
似是夢

致
W

放下
撿回
下沉中一塊石頭
把沉重
握在手中的勇氣

日出
是
太陽直射
夜之黑暗的子彈

醒來
用沉重之雙臂
拋開
心海之頑石
從高峯
瞻仰群山

迎來
輝煌戰績之光芒

微風再起

微風捲起窗簾
斜陽親吻眉眼

一盞時光
如風的泡沫
抹去烏雲上的淚

微風再起
穿上
一雙新鞋
告別
一雙舊鞋
吹散
一路帶來的塵土

山下花

你
是一座遠山
尋
近的山下花

多少言敗的消耗
為說服再戰那口
扔滿心箭的深井

陽光
在等待
你從山下再走來

我看見
你捧著
清色如畫的山下花

往事

天空的彼岸
雲朵的翅膀
抖落著
時光的流沙

雨花盛開
飄浮著
思念的泥濘

泥土裡
一雙足印的影子
藏匿了
曾經黏著的腳尖

秋
至

風
不忍看
樹的枯老
別了臉

那天
在邊城外的後山
小山羊脖上銀鈴
哼唱
一節段子

那天
土樓上方的月色
照亮白蚊帳裡外
微風往事

放下

日子舊了
小蟲看破孤獨
化作秋蟬
在人世間
緣起

日子老了
秋蟬默然脫殼
化作嬋娟
在天地間
修行

日子新了
嬋娟超然物外
成一滴水
在眾生中
禪定

原鄉

有一夢
如風止醉寒山
落葉捲雨方休
夢如一
守在原鄉兩岸
漸遠
漸近

夜未夜

暗色的天空
黑巧克力的甜蜜
帶給梵谷一個星夜

我在其中
如時光機小木偶
在被遺忘的角落裡淺笑

夜未夜
霓虹燈下跳動著
車窗內外追逐的風塵

你我身在
南北半球之週末晚上
一起淺醉
星夜下
思念梵谷

六月

六月
陪伴著春天
陽光下
晾在陽台的花裙
靜靜收納
花開季節的幽香

借來
六月心情
相約
衣櫥裡那只蝴蝶
追尋我倆的季節

一起採摘
微風裡串串芬芳
悄悄躲在衣袖裡

等待
盛夏
牽著手把它穿上

一抹艷陽

一抹泥土
一抹草香
給阡陌上的小黃花
抹上如水膜般花鹽

給花
添衣
美醉了溫柔
是愛情山背上
一抹艷陽

晚風

風
在子夜的週末
列隊呼叫
吹襲無數心窗

你我
故作姿態
化作春泥

夜
帶走
風的殘影
遠走
記憶盡頭

不在遠方

童話
仰望著仙境
愛情
俯視著人間

漸漸
尋回田野的日落
獨自漫步的足音
伴隨
默然不語的仰望

輕輕的
安穩
停留
在人間

零度

音樂有了雨聲
詩句有了軌跡
紅酒有了吻痕

有刻度的記憶
許下來日
作別往昔

不經意的巧合
天長地久的手錶
停在時差裡

這當下
時間失卻刻度
一切在生命時計裡
停下來

然後
零度的距離
有了別的意義

詩意

你來了
帶來一首法國曲子
陪伴我的半杯咖啡

你呆著
在刪除字句中暗笑
你等待
大故事中的小故事

曲子完
小雨點換上晚裝
跟隨花傘回家

而你
留在咖啡杯裡
尋找
我遺失的字句

晨曲

遇見
四分之一半圓
如若初見的太陽

凝聚
會飛的窗外
天空中粉橙色的雲端

聽一回
塵世中最美的晨曲
已然無憾

小告別

午後
西窗簾下氤氳的
縷縷陽光
陪伴
一團團
青春的髮絲

剪碎
依依不捨鏡前的任性
合上
手中的《青春咖啡館》

奇妙的片刻
沉沉的
走進理髮店
輕輕的
走出理髮店

生活的小告別
讓青春
去一趟
巴黎

小玩笑

清晨
早餐咖啡不放糖
甜卻黏貼在嘴角

微笑的藍莓果醬
被捲進嘴巴

品味
值得回味的
生活
不經意的小玩笑

好好的活著
活著好好的

浮世繪

早上的陽光
穿越腳下的足印
尋常的握手道別
別了一步之遙
遙不可及的故事

慢走
每一步
異鄉街景的浮世繪

聆聽
歌手原創的音樂
便是
春暖花開的浮生

三月

我是
風花雪月的風
打擾了
你默默耕耘的生活

我在這
寫滿生活在別處的呼喚
打擾了
別人生活在當下的吶喊

三月
是你的和我的
春天嗎

春鎖

春天裡
早起的露珠
從香檳玫瑰花瓣上
悄然滴落

春風裡
久違的門玲
蕩漾在歸途
窗前
花再開

春
來了
心
在了
門
開了

曙光

醒來的曙光
收納
花開與葉落
靜止的
原始的
喜樂

觀照
心中悲苦

生命是
靈魂的胚胎
慾望是
己心的土壤

幾許
花開
沉醉如夢

幾許

葉落

夢醒如初

一念

己心

已然此生

回憶

青蔥的薄荷夢裡
只剩
你我無聲的畫面
那是
春風的回憶
那是
回憶的回憶

火車站月臺送別的
穿越時空的光環
依舊在記憶裡飄泊

回憶是
滄桑的玩偶
撫平了
溫柔了
歲月的皺紋

慈悲

心砍狂言
撕裂
擱在
言語漩渦中

讓它
遊走在
彼此的山峰
冷卻
心中的氣焰
讓它
來如風
去如光

閃滅
起落
靜靜地飄散
輕輕地撫平

讓
碧海與藍天
重逢

文學故事

天外有天
夢中有夢
只是
模糊了虛與實
只是
揉搓了你與我
你便
捨我而去

我卻一往情深
只因
這是一個文學故事

生活在別處

聽到
你的喜怒無常
我的漫不經心
看見
完美的缺口
傷痕的結痂

遠處
一扇窗外的風景
近處
陽臺上小鳥來訪

生活
在別處
太陽
在窗外

風

悄悄告訴你
童年時
滿載糖果的夏季
悄悄捉拿你
放進玻璃瓶子

然後
搖晃半天
默念咒語

然後
把你埋藏

直至今天
把你打開

發現
你胖了

莫奈的花園

你來
窗外捕獲了
艷紅
揮之不去

這份紅
纏綿化開
朦朧淺淺
天然渾成
曼妙的風景

星星

又一個
十一時十一分
告別了
你等待的光年

天上的星星
起床了
我們的星星
還未醒

新綠

平凡一天
你依然
陽光明媚
在人間

天冷了
衣裳穿上
新綠
原來
你的春天裡
有我在

快樂的親吻如是說

早安
送你一束花
來吧
親親

你好
泡一杯咖啡
來吧
再親親

微笑
看一本故事書
來吧
再再親親

起舞
聽一首浪漫曲
來吧
再三親親

生活是
快樂的親吻如是說

花謝了，謝謝花。

花開一剎
蕩漾著
和合的時光
飄浮著
初生的味道

花謝了
謝謝花
沒有花
季節奏不出
時光沐浴更衣的舞曲

雲朵

我曾經
把雲朵的種子
悄悄放進
記憶的口袋

我等待
無數旅途遇見的陌生
把口袋裡的
記憶的雲朵
暖一回
淺笑濃情

然後
雲朵有了
美麗的嫁衣裳

那寫著你名字的雨

月亮
是一把黃梳子
星夜
是深藍的長髮

那寫著
你名字的雨
在月下星塵
你輕梳我髮
我回眸一笑

但願
在銀河星際
相遇
化作絲絲雨
淋漓
那兩扇心窗

寫給文學

你是
我生命的虛線

在平行時空裡
偶爾不期而遇
那慵懶的靈魂
又再一次甦醒

和你
合謀一次出走
丈量
恰到好處的旅程

你是
人生岸邊上的聚散
載著
揚帆下打磨的時光

也許
生命的虛線依舊存在
但願
你給我一個彼岸擱淺

捨

有一些記憶
如時光的毛絨
飄浮在花神的指尖上

一切往事
帶來晨露的花香
吻別了初心

有一些忘懷
躲在月亮陰影下
獨奏最美的舞曲

一個靈魂
在記憶的盡頭
只剩一把麥穗

活潑

春葉子綠了
蝴蝶繞著花傘飛
雲朵也白了

不走

手錶停了
一隻又一隻
停擺的時光
錶殼裡遊走
猶如下雨天
留不住
樹葉的微笑

手錶停了
一隻又一隻
慵懶夾雜著
拖延的叛逆
讓渺小的抽屜
化作隱世的宇宙
讓不走的手錶
在宇宙的縮影裡
化作一朵曼陀羅

致顧城

雨後雲霧
舒捲著
你的詩句
聆聽著
筆尖的風向

摔落了
筆蓋
你的門
很冷

無疾而終的花火
在門的對岸
飄搖

如果我是夢
但願

你是夢的鈕扣
隨意隨心把你扣上
沾黏著夜長和夢短

門把手上
掛上鎖
守候著 搬了家的人

三
後窗篇

雪絨花

作別西風

作別
西風
沾滿雨露的肩背
成就
雷打不動的月臺版圖

作別
西風
無問星塵
等待 等待

無常
如常
日月蹉跎
蝸牛的足印
等待 等待
蝸居窗外的陽光

歸來

趕上了
黑夜馬路上
披著寒夜的紅色巴士

稀疏半醉的路燈
依舊是
皇后街上不死的衛士

夜行者臉上蜘蛛痣
照亮了
車窗外斷裂的浮光

到站了
扔下了
車票上歸來的目光

棲息地

城中初夏
飄落玄關之日照
無人問津

生如 井蛙
綿綿夜
仰望星空

那一抹
雲端素月
告別了
圍牆壁上
青苔花開

六月花開

六月花開
飄洋過海
尋覓滿月的飯桌

一念浮想
碩果僅存
經年已逝的綠洲

風箏似箭
斷線翱翔
走過青春的黃昏
俯身足跡已成土

——書於奧克蘭

馳騁

記憶是
一切發生的存在
遺忘是
一切存在的過去

地鐵
在軌道馳騁
承載著時間

你我
低頭看手機
思想
在軌道上
時間
在馳騁中被踐踏

一葉知秋

在落葉無聲
落花無塵的當下
你鑽進風鈴的心扉
隨風 遠去

致遠方的妳

暫借你肩上
虛度的浮想
聆聽你筆下
瓦爾登湖畔的足音

人海裡外的流放
只求安身

瓦爾登湖畔
藍藍盛放的天空
飄落空靜之聲

立命只是一次
自我分娩的完熟

願流年一路花開

年末如低垂的夢
沉著
年初盛放的花香

願流年一路花開
把陽光安放於心

玫瑰如半生積蓄
偶爾
償還愛情的巴掌

願流年一路花開
把陽光安放於心

借問

方格子金子的城中
樓宇相連的走道上
行人汽車湍流當中
紫荊花下探戈不再

木棉花開豐盈的香氣
只在渡輪上偶爾輕揚

彼岸漁火止盡如風
山下燈火闌珊依舊

借問
山與海
江與河
本是同源相依
何曾無疾而終

趕

晨光成了碎片

散落高架橋上

車輪轉動著

往返的檔期

路途上

交集疾走之軀體

無法識別晝夜之冷暖

願城市辛勤的列車

每天散發日出之露

給月臺起跑人流點滴甘甜

止境

不言
行止
生日蛋糕紅了臉

千里
千尋
他鄉盡是原鄉人

我們身上的淺薄
如一葉輕舟
載著
沉積的血淚
苦戰
無止境浪尖

鴛鴦

冷暖隨意
兼收並蓄
一杯鴛鴦
成就傳奇

（寫在香港主權回歸二十年前夕的一個靜夜）

清晨速寫

晨光的前沿
稀落的車道
車輪滾動著晚歸與早起
街角小巷的露珠淹沒了
露宿者一夜無眠的眼睛

仰望昨夜的星空
只剩陌生的清晨

陌生
是城市的季節

蔚藍的天空下
葉落盡的樹上
鳥兒結伴低飛
揉合了春天
暖和著
乾枯的樹枝

殤

高牆內是一座面具之城
面具的主人必自欺成狂

斷

逃離
逃離
伸出雙臂
奔向盡頭

逃離
逃離
縱使落花折枝
縱使孤獨終老

逃離
逃離
籬笆外有藍天

聽
每一聲呼喚
在生命森林中
看見
天使的花傘

A城的雨

不經意的瞬間
沐浴了
一棵樹的葉子

你在
微塵中的城市
演奏
鴿子自由之歌

陽光被風帶走
你在
浮游的午餐時光裡
撫慰了
路途上躲雨行人的肩背

遠方

當你累了
讓夢想靠岸
抹去
眼角的滄桑
看看遠方

當你痛了
揚起你肩背
抖動
生活的翅膀
仰望遠方

遠山
有一片天空
偶爾
飛墮一道彩虹
哼著
初生的呢喃

留白

洗衣機清洗著
漫長而短暫的生活

一分鐘倒計時
偷走了
我的當下

追憶的
緬懷的
狂想的
那生命中
每一刀刻的感動

滯留在
短暫而漫長的留白

在快樂的角落守候曙光

春天老了
帶著蹣跚的腳步走了

生活是
雙手揉搓的一團麵粉

揉著
搓著
五味雜陳

高拉
低扯
百味和合

月亮老了
在快樂的角落守候曙光

十二月
尖沙咀鐘樓前
圈子人聲堆疊

吮吸著軟雪糕
記憶走道上
似曾相識建築模型
如夢鴿高飛的田野

93號詩

十二月的號外
那個夢的原鄉

最沉重的逆轉
一首詩的花朵

寂靜
如綿花飄過
只剩
溫柔的微風

不再有

當歲月送別了緬懷
不再有
殘破的衣袖
不再有
針線的縫合

時光在獨白
綠色有軌電車廂裡
不再有
和小說片刻的談情

到站了
不再有
角子滑落錢箱的旋律

似水流年

往年那天
在木橋飄雪的欄柵上
我把時光的砝碼給你
你說日子便有了輕重

似水流年
穿上春冷的棉襖
漫步午後陽光裡

歲月悠悠
猶如生命的春鎖
落葉迎來花再開

落葉之城

漫步曾蹓躂的街道
回憶在擺盪
擺花街邊上豆花店
何日君再來
她依舊如煙火寂寞

橫街
夾雜昔日浮生
陪伴
陋巷一醉方休

城下
那座華麗的石樓
寂寞如落葉之城

房子

消失的窗戶
埋藏著推土機下謊言
沉重的門鎖
輪迴著螞蟻族的起伏

方格子夢幻般的幸福
借來起始的快樂
償還漫長的辛酸

房子
是夢中的方格子
在人海中飄浮的土地
夢在
家在

七夕

城中雨
雨中城
七夕相遇

天臺上
那些溫情
那些月光
已成往事

——七夕於銅鑼灣

花樣年華

每期一遇
電影院黑布門幕
一票租約
借宿黑色的寂靜

白色手套
撕掉青春的票根
登上方舟
追尋森林的精靈

光影沉默
目送
高牆兩極
一群
螞蟻巨人的翅膀

起飛
飛往
霧茫茫的清晨

魂

你是
斑斕的太虛圖騰
一雙黑白的眼珠

你是
天地之刀刃
切斷光
長出黑的心
粉碎水
流淌心的淚

是你
賜萬物生死之慾

等你
叩開救贖之門鈴
完成
你我最美的告別

閱

尋找別人目光的足印
沒有軌跡的想望
咫尺不是天涯
似曾相遇在江湖
回眸淺笑
書海落葉無聲
如月照心田

剝落

金屬的
鉛印的
文字

剝落了
時間
佔領了
臉書

一切空間
失去距離

孤獨
被活埋了
復活
轉貼傳送

靜物

你安放我在畫中
我
悄然發現了自己

在世界的影子裡
安靜下來
守候陽光

在接近虛無的渺小中
我
把生命最靈動的色彩
為你綻放

和你片刻的愛情
一瞬間的光影裡
刻下
一剎那美的感動

孤心

二十七歲了
你是我們一代人
心中忐忑的孤兒

遠方春天
依然年輕

放下與歷史苦戀
在靈魂的血緣裡
與你共赴
一場恰到好處的
春暖花開的生涯

最熟悉的陌生

如果
只有一個太陽
我們為何還在追逐
那遙遠的彼岸他鄉

如果
只有一個月亮
我們為何還在徘徊
那近在咫尺的家鄉

如果
只有一個自己
我們為何還在掙脫
那別人眼中的非我

生命在無限中有限

塗鴉

塗鴉者
破解
圍牆的黑暗

標誌
漫漫長夜月照
每一刻
降臨
被彩漂的思緒

塗鴉
是解禁的吶喊
是青春的圖騰

昨天
等待被清洗
明天
無法被拘禁

天涯

棉花
田野
一路崎嶇

禽畜
生計
風雨飄搖

土地
天空
失之交臂

故鄉
他鄉
人在遠方

膜拜

誰是不老的精靈
身上有衰老抗體
不是神
不是魔

不朽思想的魂
從悲壯的歷史中永生
殲滅
黑色的罪惡泥土

膜拜罷
殉道者的安魂
從未告別故鄉
只告別了永遠

時間

謝謝你
寬恕了
我對你的抱怨
憐憫了
我對你的傷害
修補了
我這玻璃的心

你溫柔如水
用生命的權杖
賜予初生之輕
取回此生之重

你一直都在
從不消逝
偶然遠行
坐一趟
開往回憶的列車

迷宮

當青春的烈火
被殉道的光芒燃燒
當英雄的熱血
被熾熱的靈魂擁抱
你是誰
誰是你

歷史是個圓形的迷宮
當你走進迷宮
你的引路人
你的同行者
你的追隨者
各自堅守自己的出口

只有你自己
才是選擇方向的主人

路
有出口
也有入口
只有你自己
才能把路走完
才能走出迷宮

缺口

奧克蘭皇后街
凝固和溶解的臨界點
身影背後
那生活的頑石
隨著腳下走進飽滿陽光
擦亮了石心

沿街擦肩溫熱的陌生
帶走你那冰冷的熟悉

剎那
在陽光下
看清了頑石上的淚痕
滴水不穿

一刻時光

走起
到野外去
陪伴自己的心
漫步樹下

走起
趕上地鐵
餵食自己的口
回歸城市

如果
你不快樂
便愛上不快樂的這一刻
如愛上曾經快樂那一刻

漸漸
你又快樂起來
只要
你學會愛上每一刻時光

時間的驛站

膨脹的都市
跳動著腳下
入口和出口
時間的管道
穿越了光纖

指尖上蘋果
復刻了時間
光能的距離
消耗著
宇宙的空間

時間的驛站
變成
手機充電器

麥田守護者

我是你的
麥田守護者
從今生
到來世

一個信誓
讓我堅守
沉浸了十個月的汗水
拼寫了最沉重的陣痛
為你開墾了
生命的麥田
滋潤了陽光
溫柔了風雨

你是我的
生命的麥田
從過去
到未來

霧日

霧日
視不睹
聽不聞
廢墟裡外
城牆淹沒了月光

霧日
只剩一片
夜之疊影
漆黑如夢的素描

漸漸
冷卻
霧騰騰
星漫漫
人間正道是滄桑

五月四日

刀 削了饅頭
抓一把歲月的零錢
買下白蘭花攤上的暗湧

月亮不哭
悲憫眾生
那影子的神偷
不再顧影自憐

黑夜唱遊之花香
纏繞著
窗外 門後的真相

月亮不哭
在遠方
笑逐顏開

夢見

不 某年
不 某月
暗黑的城牆壁上
一雙雙蜘蛛淚眼

夢見了
消失的地平線

看守者
撕下風暴告示
日照又再如常

四
散文篇

春天所在地

秋色

十一月了，可秋意似錯過了季節的列車，悄然在大自然的時空裡尋覓那可安放秋的原色的那一方淨土。尋尋覓覓，在歲月的碎片散落一地的天臺上，失去了晾衣架上的月光；在雨中停靠的屋簷下，消失了左鄰右里的紙風箏；在午後納涼的榕樹下，吹散了你我容顏上塗抹過的青春。不期而遇，是城市喧鬧中日復一日的早出晚歸；是迴旋在列車軌道上的生活拼圖。

當日出日落、春夏秋冬、生老病死完熟了的一天，我們是否也有一念執著，執著把恐懼再變成創造的夢想？

雨香

有時候，我們無法恰到好處善待自己，就像
為了趕上一盞快要變色的交通燈，給生活平
添了一點莽撞，卻又把每天攢回來的點滴時
光傾倒在追趕中，這種追趕生活的拼搏讓我
們忘記善待自己，餓了，不吃；累了，不睡；
痛了，不叫；苦了，不哭；樂了，不笑；雨
下了，忘了雨的香味……

靜夜

每個失眠的深夜，聽到祂的聲音、祂溫暖的擁抱我便不再害怕、不再無助。祂選擇了一個午夜，讓我甦醒起來，聽到窗外刮起風的聲音，我掀起窗簾，看到深夜的寂靜、一絲風也沒有，只有從靜夜的天空灑落在我們身上的一點點、一點點的愛與被愛，讓我們看見自己靈魂深處曾被踩躪的淨土，和召喚我們去守護的聖山。

別念不忘念，纏已斷，隨眠未斷。

「這一年彷彿溜走得特別慢……」

「我們越來越遠了。有時候真想抓緊一切，像你一樣留下。」

「我還未離開那地方，只是退縮……」

「至少你的心已經來過眼前……我還是遊走於外，無路可逃……」

「把握，是帶走自己的心，留下別人的心……」

「但願有一天，在熟悉的馬路，錯過，很黑……沒有意外沒有理由，就這樣很見外的，像初相識一般沉默不語。」

「有種緣，是各自捨棄，在人海裡視而不見……」

「緣盡。」

「纏已斷，隨眠未斷……」

落在星空下的星雨

「這一年彷彿溜走得特別快……」

「我們越來越近了。有時候真想放下一切，像你一樣遠遊。」

「我還未去那地方，只是想望……」

「至少你的心已經去過遠方……，我還是困在原地，無法自拔……」

「放下，是帶走別人的心，留下自己的心……」

「但願有一天，在陌生的馬路，偶遇，很美，沒有計劃沒有期待，就這樣很平常的，像老朋友一般微微一笑。」

「有種緣，是各自珍惜，在人海裡早已背影兩相隨……」

「隨緣。」

「隨意隨心。」

春天所在地

清早的氣息，沿途風景在，腳踏泥地，記取生活的本色。
春天裡，與清風默許，借來你的片刻的牽念。
清新的輕柔，往事如歌。

用喜樂的心看清天地的本色，生命是如此溫柔的玫麗，
悲喜苦樂的觸動，就是意義的所在。
花兒朵朵，祝福綿綿。

說走就走，堅持自己的理想，且相信自己有力量實現它！
放飛自己內心的自由吧！

心溫暖，靜如清風，夕陽的輕柔，撫慰歲月的聚散。
涼風細雨的晚上，茶，書，樹影，足矣。
讓別人眼中有你，你眼中有別人，
讓差異與距離成為有意義的延續。

吉他醉曲，晚秋。

看見藍天了。

過去，未來，只是念想，當下，是悟。

晴朗的天空一直在守候我們。

隨風影，隨雨下，無影無蹤，進入甜蜜夢鄉。

每個人都有屬於自己的成長故事，屬於自己
的天地，人生不是一條直路，有前路有彎
路有後路，重要是自己要有堅持走下去的心
路。

加油，童鞋們！

炎夏裡尋覓涼風，樹下默默等待，你總是讓
我等待，

可每一次的遲來，是對我心的每一次離開。

賞花心情偶有之。

春天的回憶。

讓心靈沉澱，樂天知命。

片語

一

你成了我的世界裡一棵樹
一棵好高好大的樹
彷彿一座森林

二

沉默不語只因心累。不說，只能寫。你要知
道你身心最原始的情緒神經原是內在的，別
人不知道也不能預測這到底是什麼？一切向
外尋求慣性的宣洩，是傷人傷己的不成熟，
是拒絕自我成長、拒絕自我實現、最終錯失
自我完善而改變自己的勇氣和智慧。

晚飯的味道

帶來回味的記憶，是帶不走的情意結。紅紅的蕃茄，是樸素的年代裡飯桌上一點點閃亮的色彩，甜甜的薯仔是媽媽給我們添加的一點點小幸福，美味的排骨湯是每月一次的小圓滿。媽媽，是我童年時唯一知道、唯一能讓我記住了晚飯味道的廚師，而這獨一無二的蕃茄薯仔排骨湯，是歲月封塵下來的念念不忘。

多年以後，這念念不忘的情意結，不經意地把小小的幸福、小小的圓滿傳承下來。今天，雖然生活因有所選擇而選擇成了複雜的取捨時，我卻偏執地只鍾愛給兒子燒蕃茄薯仔排骨湯，也許這是我唯一的、獨一無二的菜色，慶幸兒子也就記住了它的味道……

江湖的情懷

今年香港書展的主題是「閱讀江湖，亦狂亦俠亦溫文」，這如此切合當下香港世情的主心骨，表面看來是選擇以「武俠文學」作為本屆書展主流推介，但若細閱貿發局所宣傳的書展概覽，當中背後的原旨，是要喚起讀者去探尋一種俠義的情懷。

江湖，是人海中的世情；說深，深不過大海的黑暗，說遠，遠不過今生的相逢。江湖是大社會中的小社會，是人在宿命當中不認命的存活。人在江湖，江湖中人，自古至今都在建構一個忠信與俠義並重的精神體系。如果人在江湖，身不由己，那閱讀江湖，更應先閱讀自己，所謂閱讀自己，是用心眼去看清自己，不知自己所在、所屬和所求，是一種迷失，而迷失了，便會讓自己陷入身不由己的境地。

文學世界中的江湖，是一座把寫實與浪漫完美相接的思想橋。武俠文學，以刀光劍影下的正邪、風雲幻化中的狂放，揉合著上善若水、海納百川、有容乃大的俠骨柔情，正是這份放下矯情之沉重，而又心醉於江湖的輕狂之情懷，讓你我沉醉其中，成為愛不釋卷的書迷。

秘密

秘密，是一個鎖匙孔，縱使被主人上了鎖，甚或經年累月被封塵起來，卻無法斷絕人們好奇的目光、繪影繪聲的話音，從那微小的匙孔滲透著光的、暗的片段。就像你離鄉別井多年、你遠走他鄉去闖蕩江湖，你的根其實仍然在你的故里生長著，你的故事會在別人的回憶與幻想中延續下去。

「告訴你一個秘密……」如果這是秘密的主人說的話，那也許是一個秘密的終結，我想，這也許是一場久遺了的獨白，而被選中去聆聽秘密的人，多少也得承接了秘密的重量，而用這股力量去完成一次心理拼圖遊戲。

「告訴你一個秘密……」如果這不是秘密的主人而說出的話，那是危險的故事開端，像你不問自取拿了別人的鎖匙去打開別人的門，如果門背後是一個警鐘，你的所作所為

必然敲響它，在這一刻，秘密的連鎖反應也在一切不可預料之中失控，它在一連串不同的人、不同的耳朵、不同的嘴巴下被整容。事實上，任何事物都有變化的規律，當一切變成面目全非的時候，那離極端不遠了；離危險也就近了。

今天，觸碰到一段短片，是一套經典電影裡一段經典情節，男主角在吳哥窟一根石柱的小小洞穴裡放下秘密，彷彿把一輩子的心事也埋沒了，在如釋重負中淋漓盡致地呢喃；彷彿要把生命中不能承受的一切埋葬，驀然回首，卻看見墓地已踩滿足印。

紀念冊

寫紀念冊留言，是一種和青春暫別、為友情開出挽留期票的青春儀式祭。

今時今日，這種清純質樸的校園素描生活，也許已不知不覺被速食式的網絡群組所取代了。什麼人物、什麼事件、什麼話題都可以被搜索、被邀請加入。然後，我們一下子找回許許多多失聯的夥伴們，然後，在一場熱切期待的聚會上緬懷一番。

特別感謝那些依舊眷戀回味、充滿懷舊情意結的同學，把一本本穿越了年代、穿越了時空的紀念冊珍藏下來，彷彿不曾離開過我們那曾經各自懷念，卻共同回憶的那個教室、那張書桌、那個書包。這些最青春美麗的紀念冊，見證了我們共同擁有過的坦蕩、夢想

與願景，而這一切，其實是不期而遇而莫失莫忘的真情所在。

翻看紀念冊，總是快樂的，而每位同學親筆寫下的隻言片語，猶如陳年醞釀的醇酒，洋洋灑灑在你我淡淡的歲月痕跡裡，如沐春風。回憶、念叨一遍又一遍：「我一直在角落裡幻想著，幻想著。我一直只是在別人生活的彼岸，彼岸。」「那年那月那光景，踏上自我的天涯，扔下你我曾經的青春年少。」

尋找對話的往事

當目送兒子走進離境大堂的背影漸行漸遠，我總以為兒子只是把童年的尾巴躲藏起來，就像當初我送別四個月大的他往上海交給他奶奶照看那光景，依然存留著抱他懷裡那孩提時代的記憶編碼，從來未被我慢半拍的大腦軟件更新過。

然而，兒子的大腦是電子化下的教育接收器，每時每刻在追趕著速度和更新著，他的世界充滿似沒有界限的符號串、電子流、資訊網，而我的世界雖然也一半被電子媒體佔據，可仍然有一半執拗地讓它呆在紙書、言語、筆錄記述當中。因此，我會給兒子寫信、

寫留言、打電話，即使兒子不把這一切當作是對話，是溝通，他漸漸把那童年往事的記憶也清理起來，好像迫不及待地要為少年時光創造蛻變的翅膀，而且刻意地要對我疏離。終於有一天他跟我說：「媽咪，我現在長得比你高了！」說罷，我們剛好一起過完紅綠燈，他便放開握著我的手，就在這一刻，我也預見了他下一次不會再握緊我的手過馬路了。

今天，走進圖書館閱覽室，找不到位置，便走到兒童閱覽室去，獨坐在兒童書架旁那矮小的書桌上翻看著書本，彷彿重返那往昔恬靜無聲的時光，只是這些充溢著兒子笑臉的往事回憶裡，卻失去了和兒子對話的話音……

父與子

生活就在眼前閃亮，在地鐵車廂內遇見一對有點像電影《老炮兒》那對心裡似有把半亮的火焰，卻又如輕輕抖落的一根快熄滅的香煙的灰末兒、總有點故事可訴說的父子。

我被他們身上那獨特的氣息觸動著，悄然而刻意地做了觀察者。情境的開場對白沒想到是如此溫情的⋯⋯

「老豆，今天是我跟你一起過最父親的父親節，因為今年的父親節，你是我老豆，我也是你孫仔的老豆，也是我第一年為自己慶祝父親節。」

「老爸，父親節快樂。」說罷，兒子從牛仔褲口袋裡掏出兩張有點皺摺的一百蚊，故作自若的放到身邊的老爸手裡。這老爸也故作

姿態輕輕收下，可彼此都像第一次體驗這份施與受似的。也許，父親是人到中年很陌生；兒子也是剛為人父很陌生，也許，父性的含蓄在硬漢子的面具下就是這樣子的。然而，兒子那眼神是很動人的，那笑容也是這父親年輕時的模樣。

我被這對父子的平常心輕撫了一下，更被他們接下來的話濕潤了眼眶。

「老豆，我想跟你學紮鐵。」「好辛苦的，怕你捱唔到。」「就係現在趁捱得去捱，奶粉錢搵得多的。你以前都係咁搵奶粉錢畀我入咗行，你得我都得！」

歲月如果有足印，那麼我們是否又會在一起回到父輩的歲月裡，給他們一個今天的我的陪伴、我的回報？

沉默的喧鬧

奧克蘭，是旅途上讓人細味的溫暖咖啡。

走進皇后街那揉合著旅遊氛圍與生活氣息的時空裡，就像一種沉默的喧鬧停在馬路邊上的風景線。當放下背包安坐穿梭巴士站那長木椅時，你會發現藍天下的陽光有一種獨特的香氣，也許是近處露天咖啡店飄來的香草泡沫那份鮮甜；也許是那意式薄餅店飛濺而來的濃濃烤肉鮮味，偶然也有一群鴿子輕輕拍打翅膀而留下一股海水味兒，這種有層次、有距離的氣息碰撞，與香港尖沙咀天星碼頭九十年代前後的風情如此相近，讓我有種莫名的懷念與失落，勾起多年前在理工大學梯型演講廳聽課的歲月回憶，那種在職進

修的香港精神彷彿遇上了歲月神偷似的，被無形之鎖鎖住了。

這陣子，看到香港呈現背向的距離、而層次被割裂成對立的境地，更被走在奧克蘭圖書館、大學校園內外的青年學生牽扯了內在一股莫名的感慨，彷彿內心也聽到一陣喧鬧的沉默，沉默止於無言。

當我站在奧克蘭每個馬路十字路口，總有一種選擇自由的痛快感，因為這裡十字路口的交通燈是讓行人可以同時向左、向右、或對角線過馬路的；而亮起綠燈一瞬間，紅燈便閃動著，行人仍是不慌不忙過馬路，直到紅燈不再閃動，仍然會剩下一兩秒的緩衝才正式轉為紅燈。這樣的交通燈設施體現了一個城市的人文文化價值取向，而馬路邊上鴿子與路人那份自然同行、互不干涉的風景線，如若細味，會發現這箇中源自一種普世價值：尊重。

塗鴉

塗鴉，是塗鴉者自我解禁的吶喊；是遊走於城市圍城內青春使徒的圖騰藝術。

盛夏，當我走進墨爾本市中心那著名的霍西爾塗鴉巷，那段街舞節奏般的視覺音頻，從四面八方破牆而來。在我那雙被填滿了色彩的眼睛裡，在我堅實地佇立於巷中的腳底下，彷彿看見塗鴉者們是如何破解了迷宮的黑暗。這裡每幅短暫如煙花閃爍於時限裡的；如青春般燦爛的記憶畫作，堅守著不須要畫框、不須要裝裱、不須要被標價的藝術原創主義。也許正因為這種純粹性，才真正讓人細味箇中的共鳴，也許在漫漫長夜、在月明星稀的那個晚上，月亮照亮了這美麗的小巷，引領塗鴉者手中、心路上每一刻被漂染了的思緒，最終，成就了這自由的藝術與藝術的自由同在的畫牆。

如果青春是生命四季中的盛夏，那麼，塗鴉，
可會是藝術汪洋裡的一葉輕舟？然而，這種
不在意時限性的藝術，告訴我們生命存在的
一種狀態，就是：昨天，不要恐懼被消失，
明天，不要恐懼被拘禁。

生活的期盼

是活著沉重還是追求活著而心身疲累？是想要的和真正需要之吊詭令身心蒼老？我們是什麼時候掉失了牙牙學語說真話的本能？我們是什麼時候把快樂與童真淹沒在爭奪當中？

當我們一無所有，我們的肩膀也就不用看守所得。當我們有所作為，我們的能量不斷被加持和消耗。我們真的要成為超越一切的自我實踐之戰士嗎？還是把自我膨脹沸騰至令父母兒孫都披甲上陣？當物慾成了生命的價值，當玩世成了生存的世道，那最後的心靈防線有誰還會守護？

當你走進商場，發現每間商店所賣的商品你都買不起；當你走進超市，發現你所買的全是特價貨品；當你去菜市場買菜，發現你買的全不是鮮活的食物。當你不再相約朋友飯聚，不再給兒女買新衣新鞋過新年；當你不知不覺在省吃儉用時，發現你沒有失業，沒病痛，沒有年華老去，更沒有懶惰，但為什麼生活就像燒不開的水，去不到沸點？什麼時候金錢成了生活水準的指標？當貧富的差距陷入階級剝削的固化時，結果必然是富者愈富，貧者愈貧。

生活，期盼來一場資本新定義，期盼資源在市場經濟當中被重置天秤上。

奧克蘭半月灣的六月風情

風雨相連的五月，給奧克蘭皇后街路人帶來少許打著傘躲著風結伴同行的親密，彷彿也給每片落下的樹葉，預示一個六月的約會。

二零零六年六月六日，遠方的女皇給各方曾經的子民，相約一個隨意而相連的歡慶假日。當一切已有歷史定義的歷史，成為生活中平凡的休息和點綴，人性中的寬容與自樂，是真實存在而又唾手可得的。

這個六月六日的假日，陽光終於約會了我；而我又約會了半月灣小島。半月灣，Halfmoon Bay，如此詩意的名字，沒有足夠的準備，把自己身上日積月累的城市快版的節奏作出調校，恐怕是無法找到詩中那半個月亮的。

沿著碼頭近岸那簡約而整潔的人行路漫步，請把視野分成兩半。向左，是一列列淨白色小遊艇映照出潔淨水色的風景畫，向右，是一列列露天咖啡餐廳，摻和著咖啡、酒香、音樂的午後陽光的格調風情。

走著、走著，和每位島民的相遇，讓你漸漸認識了半月灣。那日落、那半月，被走在半路的我們，和沿途相遇的你們，聽到了恬靜；笑談了清新。岸邊一排排小白船，是月亮的鏡子，照亮了靜夜裡，這小島的風情，是那一陣陣半月的微風在路上、在夢鄉的迴盪……

無明

今天遇見一件「未明」的事情，在速食店排隊落單付錢時，前面有位拿著名牌手袋、名牌銀包卻又不像OL、又不像有錢阿太的阿太，不是偏見和標籤她，只是有種莫名的不對頭的感覺，當時就好奇多觀察她一下，發現原來是氣質出現落差所造成的。接著，她與收銀員展開以下對話：

阿太：「一份A餐、一份C餐，一份E餐；再加一份油菜。」

收銀員：「一份A餐、一份C餐，一份E餐；再加一份油菜。118蚊。」

阿太：「一份A餐、一份C餐，一份E餐，再加一份油菜喎，有無落油菜？」

（阿太一邊從銀包攞錢，一邊再問收銀員。）

收銀員：「有落呀，一共三份餐再加一份油菜。」

（收銀員一邊回答阿太，一邊找回2蚊畀阿太。）

戲劇性情節來了！

阿太：「我畀咗 200 蚊你㗎！」
（阿太好肯定、好堅咁一個字一個字說出來！）

此時，收銀員望望阿太，再望望我及我後面條人龍，一臉茫然無助，最後，她拿出計算機再計算一下，重新從收銀機再找回 80 元畀阿太。我記得，我自己也努力回想他們的對話，發現每個字都記得清楚，但就是沒有留意阿太畀咗幾多張 100 蚊？一張 $100 加一張 $20 ？兩張 $100 ？我也回頭看看其他人的反應，估計他們連聽也沒聽，人人都在睇手機呀！

這個故事恐怕只有一個人才知道真相，就是這位阿太。

有時候，我們會太在意別人所說所做的表象，卻往往忽視了細節裡的魔鬼。再看今天的香港，不禁唏噓，因為原本應該各方力量制衡、平衡的基石，漸漸被許多暗藏在細節裡的魔鬼互相撕殺⋯⋯

童年往事

從前我家門前有一破舊的石櫈，每到西斜的陽光照在家門前的時候，母親和我便坐在石櫈上曬太陽。如聽到遠處渡輪的號角響起，便會遇上一些熟悉的小島居民從碼頭那邊歸來，母親往往在這時候數落我一天下來的淘氣和搗蛋之事，而我總在這時候撒嬌，嚷著一遍又一遍同樣的話，「雪條」、「汽水」、「魚蛋」的字眼，那就是我貪玩貪吃的童年。

然而，那時候家裡清貧，不能滿足這些吃喝的願望，母親便叫我去玩耍，等吃晚飯的時候再叫我回家，就這樣，童年的我雖然沒有零錢、沒有玩具，可我有比別的小孩多得多的自由，每次我把童年野伴帶回家玩耍，母親從來沒有不高興，從小到大我都享有無拘無束、無憂無慮的快樂。

母親從來不跟我講大道理；也從來不打罵我，她一輩子默默地照顧我們兄弟姐妹七人，真有說不盡的疲累。母親是個樸素簡單的人，她常常訴說哥哥姐姐小時候那些有趣的、難忘的往事，年齡最小的我是最愛聽的。那時候，母親每一天每一天都和我在一起、在一起……

望紗窗

作者：羅競芬 (筆名：秋秋)
設計：4res
編輯：Nancy、John

紅出版（青森文化）
地址：香港灣仔道一三三號卓淩中心十一樓
出版計劃查詢電話：(852) 2540 7517
電郵：editor@red-publish.com
網址：http://www.red-publish.com

香港總經銷：香港聯合書刊物流有限公司
　　　　　　香港新界大埔汀麗路 36 號
　　　　　　中華商務印刷大廈三字樓
台灣總經銷：貿騰發賣股份有限公司
　　　　　　新北市中和區中正路 880 號 14 樓
　　　　　　(886) 2-8227-5988
　　　　　　http://www.namode.com

出版日期：二零二二年五月
圖書分類：詩集
國際標準書號：978-988-8743-91-9
定價：港幣 85 元正／新台幣 340 圓正